Aventura

Marciano Vasques

Uma aventura na casa azul

Lúcia Hiratsuka
ilustrações

1ª edição
1ª reimpressão

© 2005 texto Marciano Vasques
ilustrações Lúcia Hiratsuka

© Direitos de publicação
CORTEZ EDITORA
Rua Monte Alegre, 1074 – Perdizes
05014-000 – São Paulo – SP
Tel.: (11) 3864-0111 Fax: (11) 3864-4290
cortez@cortezeditora.com.br
www.cortezeditora.com.br

Direção
José Xavier Cortez

Editor
Amir Piedade

Preparação
Dulce S. Seabra

Revisão
Oneide M. M. Espinosa
Rodrigo da Silva Lima

Edição de Arte
Mauricio Rindeika Seolin

Impressão
EGB – Editora Gráfica Bernardi

Dados Internacionais de Catalogação na Publicação (CIP)
(Câmara Brasileira do Livro, SP, Brasil)

Vasques, Marciano
   Uma aventura na casa azul / Marciano Vasques; ilustrações de Lúcia Hiratsuka. — São Paulo: Cortez, 2005. (Coleção Navegar)
   ISBN 978-85-249-1129-3
   1. Literatura infantojuvenil — I. Hiratsuka, Lúcia. II. Título. III Série.
05-3101   CDD-028.5

Índices para catálogo sistemático:
1. Literatura infantil   028.5
2. Literatura infantojuvenil   028.5

Impresso no Brasil — janeiro de 2012

*Para as crianças
da escola de latinha
EMEF Vila Nova.*

4

O bilhete dobrado

Ao abrir o caderno Vera Márcia encontrou um bilhete dobrado. Leu a mensagem:

Encontre-me hoje em frente à casa azul às 19 horas. Assinado: Alguém que te ama.

Deu uma gargalhada e em seguida ficou séria e pensativa. Quem teria deixado o bilhete em seu caderno de matemática? Logo no da matéria que ela mais precisava estudar? Estava muito fraca em tudo de matemática. Não entendia nada. Não adiantava o professor explicar.

Estava na sexta série e nem sabia direito as coisas da quarta, quanto mais daquele ano. Precisava aprender tudo outra vez sobre os números fracionários, os decimais, sobre geometria, as medidas de comprimento e de superfície. Não havia jeito. Necessitava aprender tudo do começo novamente. Fazia uma confusão tremenda.

Não sabia ainda a diferença entre um círculo e uma circunferência, não distinguia entre um trapézio e um losango, e ficava em dúvida entre um quadrado e um retângulo. Apenas tinha certeza de que nunca havia visto um círculo quadrado nem um quadrado redondo, embora não soubesse com exatidão se redondo e circular queriam dizer a mesma coisa.

Pior é que sempre prestara atenção. Mas achava que, pelo menos para ela, nunca tinham sabido explicar direito.

Punha a culpa no barulho e na bagunça dos alunos. Até já tinha culpado a escola.

— Pensa que é fácil estudar numa escola de latinha? — justificava-se para a mãe, que diariamente cobrava dela melhores notas e rendimento. — Nos dias de calor é muito quente, nos de frio é gelada. Quando chove ninguém escuta nada.

A mãe sempre lhe dera razão quanto à situação precária da escola, mas não aceitava aquele motivo como desculpa para o baixo rendimento e para a falta de interesse pela matéria.

— Nas outras matérias eu sou boa. É só em matemática que estou mal.

O livro que não foi lido

Foi à biblioteca pública da Penha e pegou emprestado o livro indicado pelo Everton. Passou a semana inteira sem o abrir.

— Você precisa ler! — insistia diariamente o amigo. — *O Homem que calculava* vai ajudar você. Sabia que ele era brasileiro? Seu verdadeiro nome era Júlio César de Mello e Souza. Viveu no Rio de Janeiro e morreu em 1974. Ele inventou um personagem para si. E todo mundo acreditou que era mesmo Malba Tahan, um árabe.

— Impressionante. Só no Brasil acontecem coisas assim! — comentara ela com entusiasmo sincero, mas a repentina admiração não a tinha motivado a ler a obra. Percebeu definitivamente que matemática não era o seu forte.

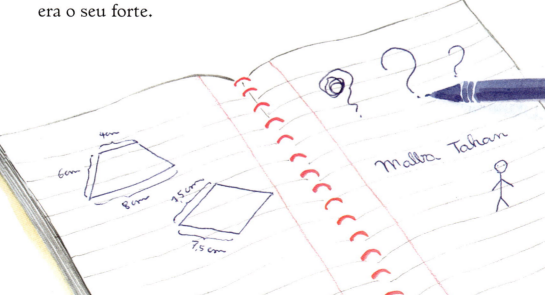

"Não sei por que obrigam uma menina de 12 anos a estudar tanta coisa!" O que sempre acontecia com ela é que nunca via utilidade nas coisas que queriam forçá-la a aprender. "Se fosse pelo menos divertido!"

Mas naquele momento já não podia ficar pensando na matemática. Havia algo que passaria a ocupar sua mente nas próximas horas.

Não pode ter sido ele

"Encontrar alguém em frente à casa azul às 19 horas?

"Quem poderá ter mandado o bilhete? O Everton? Não, não pode ter sido ele. É até um cara divertido e, pensando bem, bonitinho. O que estraga um pouco são os óculos, mas até que ele fica charmoso. Mas não pode ter sido ele, só pensa em matemática e gibi.

"É verdade. É louco por gibi também. De todos os tipos. Já decorou a vida de todos os super-heróis.

Só que morre de vergonha se alguém o vê lendo um da Turma da Mônica. Acha que já cresceu!

"É uma boa mistura. Na hora em que fica estressado por causa da matemática, lê um gibi.

"Não, ele não escreveu o bilhete, com certeza.

"Só faltava essa! Um louco por matemática!"

O diário

Abriu o diário e passou a vasculhar os nomes.

Dos meninos, claro, pois no seu íntimo estava torcendo para que um deles tivesse escrito o bilhete.

Alguns nomes logo de cara descartou. Douglas, Iago, Fernando, Maurício. Todos bagunceiros, só queriam zoar, não estavam aí pra nada, não queriam estudar, então nem tinha pegado amizade, apenas anotara os nomes e os telefones no diário por uma questão de cortesia, mas nunca tinha levado papo com eles.

Sempre procurara se aproximar de meninos que se interessassem por alguma onda legal. Música, leitura, cinema. Até já tinha ido com um deles ao cinema assistir ao *O Homem Aranha 2*, mas nesse dia saíra reclamando do excesso de barulho. E a tia dele, que fora junto, concordara com ela.

— Devia ser proibido comer pipoca no cinema! Ninguém presta atenção no filme. Só ficam fazendo barulho com o pacote de pipoca, além de ficarem falando o tempo todo. Tinha um carinha ao lado que ficava o tempo todo falando com a namorada, fazendo piadinhas. Cara mais idiota!

Também descartou um menino exibido que vivia falando da viagem que tinha feito com os pais para Alagoas.

Ela já estava cansada de saber que as praias de Maceió são as mais lindas do Brasil.

Já tinha decorado o nome de todas. Praia Pajuçara, com seus lindos hotéis e coqueiros maravilhosos. Jatiúca, onde existe um lugar incrível chamado "Cheiro da Terra", uma espécie de *shopping* de artesanato, com uma pracinha no meio e um palco em que se apresenta sempre alguma banda da terra. Lá havia comido a mais gostosa tapioca do mundo e também tinha visitado o museu de Lampião e Maria Bonita.

Ela já sabia tudo de Maceió, mas ele era muito exibido e ficava o tempo todo falando na tal viagem. Parecia que não tinha outro assunto. Além do mais, nunca manifestara um interesse que fosse por ela. Para falar a verdade, os dois não se bicavam mesmo. Quanto mais pensar em namorico.

Decidiu começar pelos nomes que não eram descartáveis. Pela galera útil.

A coleção de lápis de cor

Começou pelo Leonardo.

Leonardo? Poderia ser ele, mas era meio esquisito. Talvez por causa do próprio pai, um sujeito meio excêntrico, que colecionava lápis de cor. Já tinha uns mil lápis guardados num enorme baú de madeira.

O Léo sentia orgulho de contar a história da coleção de lápis de cor do pai.

De tanto ouvir a história, ela já tinha decorado.

Quando o pai dele era menino sonhava em ter um, mas a mãe nunca tivera dinheiro para comprar um lápis sequer para ele, quanto mais uma caixa. Ele então havia jurado que quando crescesse teria uma coleção imensa de lápis de cor, para sempre se lembrar da infância pobre.

Numa tarde ela havia discutido com o amigo:

— Se o seu pai é rico por que você estuda numa escola de latinha?

O menino respondera bravo, dizendo que o pai não era rico, apenas tinha um bom emprego e, além do mais, escola pública era para todos, e ele não se envergonhava de estudar numa de latinha. E quando o pai morresse os lápis seriam doados para uma dessas casas de caridade que abrigam crianças.

— Se o seu pai tem uma coleção de lápis de cor, por que você nunca tira notas boas na Educação Artística? Você não é nada bom com as cores. Devia pelo menos ser o melhor da classe nas aulas de desenho. Seu pai ficaria orgulhoso.

O menino nunca se deixara levar pelas provocações dela, que, segundo ele, devia estar morrendo de inveja pela coleção de lápis de cor do pai dele.

Um dia tinham feito uma rodinha de discussão sobre coleções.

O Léo ganhara com a do pai dele. Afinal ninguém do grupo havia pensando nisso: uma coleção de lápis de cor. Realmente era uma coisa diferente. O Jackson colecionava botões. Uma coleção que só não foi a mais

admirada porque a Vanda colecionava brincos feitos pela tia dela, brincos justamente de botões de roupa. A tia faturava um dinheirinho a mais vendendo os brincos de botões. Outra coleção que tinha chamado a atenção fora a de Henrique, uma coleção de marcadores de livros. Ele já tinha centenas. Havia gente no grupo que colecionava tampinhas de garrafas, selos de correios e gibis.

Mas a coleção vencedora fora a do Léo, que teve de levar a turma até sua casa e abrir o baú do pai.

O telefone

Vera Márcia continuou a folhear o diário.

Releu cada poema deixado pelos amigos, olhou atentamente para cada papel de chiclete colado nas páginas, as frases escritas, tudo, e tudo, e nada deu uma ideia do seu apaixonado secreto. Quem afinal teria colocado o bilhete em seu caderno?

Olhou para o relógio e viu que já eram quase seis horas da tarde. Dentro de uma hora estaria em frente à casa azul. Pegou o telefone e ligou para a amiga Lucineide para papear um pouco e quem sabe descobrir alguma coisa. As amigas sempre sabem. Mas nada. Não conseguiu uma pista.

A amiga não sabia de nada. Não tinha uma ideia sequer sobre quem poderia ter deixado o bilhete no caderno.

Olhou novamente para o relógio e decidiu encerrar o papo.

Após desligar o telefone se deu conta de que estava com o coração pulsando forte.

Faltando ainda quarenta e cinco minutos para o misterioso encontro, parecia que seu coração subia para a boca. Desse jeito não iria conseguir pronunciar uma só palavra quando estivesse com seu admirador secreto.

E se tudo não passasse de uma brincadeira, uma peça pregada pelas próprias amigas? Mas quem teria a coragem de fazer uma coisa dessas? Como tinha poucas amigas, pois nunca fora de se relacionar com grupos grandes, foi fácil repassar em sua memória, uma por uma, as colegas.

Enquanto a água quente do chuveiro retirava o excesso de xampu dos seus longos cabelos negros foi levantando seu arquivo mental de amigas.

A primeira de quem se lembrou foi a esquisita da @. Só pensava em internet. Só escrevia para gente do outro lado do mundo. Não. Certamente a @ não tinha nada que ver com aquilo. Mesmo porque ficava o tempo inteiro no teclado, tanto tempo que talvez já nem soubesse escrever com a caneta.

Outro dia tinha reclamado de uma dor nos dedos.

A mãe levou-a ao médico, que diagnosticou tendinite e pediu para ela reduzir o tempo no teclado. A mulher até gostou, por causa da conta telefônica que era motivo de discórdia em casa e por causa da letra da menina.

— Isto é letra que se apresente? Isto não é letra manuscrita! É garrancho. Você está voltando para a idade das garatujas! E a conta do telefone? Está astronômica! Precisa pensar no seu pai, na sua mãe!

@ sempre retrucava dizendo que colaborava ao máximo com a conta, pois ia direto ao Telecentro e também usava o quiosque do correio, além de economizar seu dinheirinho que em vez de comprar salgadinhos e chicletes que deixam a língua azul, gastava pagando internet na escola de computação, que cobrava por hora.

Vera Márcia concluiu que decididamente @ não tinha nada que ver com essa história. Não tinha tempo de pensar em escrever bilhetinhos. E, se tivesse sido, teria digitado.

A devoradora de poesia

A Neide não podia ser. Era apaixonada por poesia e "devorava os poetas", como costumava dizer.

Já havia lido tudo que é poeta brasileiro.

Como na sua escola não havia sala de leitura nem livros de poesia, tornara-se sócia e passara a frequentar duas bibliotecas públicas. Semanalmente levava para casa pelo menos dois livros.

Já lera Carlos Drummond de Andrade, Cecília Meireles, Manuel Bandeira, Mario Quintana, Vinicius de Moraes e Sidónio Muralha, poeta português que viera morar no Brasil.

Também tinha lido os vivos.

Costumava dizer que, enquanto houvesse poetas, o mundo não estaria perdido, mas no dia em que os poetas se fossem, ele então se tornaria um lugar impróprio para se viver.

Segundo ela, quem salva o mundo são os poetas.

Dos novos lera um pouquinho de cada. Para desespero materno passara a ler os "poetas dos adultos". A mãe vivia reclamando:

— Filha! Não são para a sua idade. Onde já se viu menina de doze anos lendo Ferreira Gullar, Neruda, João Cabral de Melo Neto?

Apesar das broncas e das advertências, a jovenzinha seguia em frente, apaixonando-se cada vez mais pela poesia, lendo o mais extenso poema que já havia lido em sua vida, o *Poema sujo*, do Gullar.

— Acho que é o mais longo da língua portuguesa! — dizia sempre nos intermináveis debates solitários diante do espelho ou sobre o travesseiro.

— Este é o mais dolorido! — referia-se ao *Vou-me embora pra Pasárgada*, de Manuel Bandeira.

De muitos dos poemas não entendia nada, de outros até que entendia um pouco. Mesmo assim sentia um prazer enorme em ler poesia.

"Não pode ter sido ela. Está muito ocupada com suas leituras. Não inventaria um trote desses. Com tanta poesia dentro dela não há espaço pra pregar peças nas amigas."

A legião

"Quem sabe a Cleonice. Sim! A Nice! Não, não pode ter sido ela também. Só pensa em música. Ou melhor, só pensa na 'Legião Urbana'."

Até era uma coisa curiosa. O pai dela gostava dos "Demônios da Garoa". E ela, da "Legião". Demônios e anjos em São Paulo.

Por causa do nome da banda nunca se esquecera da aula de coletivos. Um monte de anjos formava uma legião. E uma legião deles na cidade, uma legião urbana. Bonito. Pena que alguns se fossem muito cedo. A partida de um anjo sempre era um equívoco.

Concluiu que não poderia mesmo ser a Nice. Só vivia a cantarolar a "Via Láctea". Segundo ela, a mais triste canção de todos os tempos. Já tinha chorado ao ouvi-la.

Alguém tão sensível não colocaria no caderno da amiga um falso bilhete.

Estava chegando à conclusão que o tal bilhete fora escrito mesmo por algum apaixonado quando olhou para o relógio da parede e viu que estava quase dando sete horas da noite.

Arrumou-se depressa. Colocou as pulseiras, o brinco feito de botão, a blusinha rosa para dar o toque e a calça jeans. Calçou os tênis e num instante estava pronta.

Escreveu um bilhete para a mãe, que ainda não havia chegado do trabalho.

"Mãe, vou até em frente ao colégio Cruzeiro do Sul encontrar uns colegas. Volto logo. Não fique preocupada. Amo você. Um beijo. VM."

Zarpou e num instante estava em frente da casa azul.

A casa azul

Estava diante da enorme casa azul. No muro uma inscrição pintada com capricho:

"Seja sempre absoluto, nunca obsoleto."

Reparou que o portão estava aberto.

Só então atentou para um fato. Todas as vezes que passara em frente da casa azul, o portão estava aberto. E tinha passado sempre em horários diferentes. Nunca o vira fechado.

"Por que ela não fecha o portão?", pensou. "Que coisa curiosa! O portão sempre aberto! E passo aqui sempre mais de uma vez ao dia, seja pra ir à padaria, ao mercado ou à lojinha de um real. Todas as vezes aberto. Será que é sempre assim na casa de escritor?"

Ao mesmo tempo começava a ficar impaciente por causa da demora do autor do bilhete. Já estava esperando havia quinze minutos e isso significava um século para quem vivia em estado de hipérbole.

Isso tinha aprendido mesmo nas aulas de português. Hipérbole.

Era tão impaciente que se alguém se atrasava um pouquinho dizia que estava esperando fazia um século.

— Isso é hipérbole! — exclamara o professor numa aula, depois que ela reclamou porque a turma demorava muito para copiar: "Faz um século que estou esperando a lição!".

"Vou acabar entrando na casa azul. Afinal sempre tive vontade de fazer isso. Faz tempo que alimento esse desejo e desejo alimentado cresce muito! Vou esperar uns cinco minutos e se não aparecer ninguém entrarei.

"Quero conhecê-la. Sempre quis. Sou uma privilegiada por morar perto de uma escritora. Não é qualquer um que pode conhecer uma autora tão querida, com 86 anos de idade e mais de 100 livros publicados.

"Além do mais, se eu entrar, a culpa é dela, que deixa o portão aberto. Quem deixa o portão aberto está convidando."

Vera Márcia entra na casa azul

"Não quero mais saber quem foi o idiota que escreveu o bilhete. Já são quase sete e meia da noite e não posso chegar tarde em casa.

"O trato que fiz com a mãe foi chegar sempre às oito horas; no ano que vem estarei na sétima e poderei chegar às nove. Não vou abusar. Se ficar aqui igual a uma panaca esperando por algum príncipe estarei assinando um atestado de boba. E isso eu não sou! E, além do mais, já que estou aqui vou entrar e conhecer a mais festejada autora de literatura infantil. A oportunidade é sempre única."

Vera Márcia já ouvira falar coisas curiosas sobre sua vizinha mais ilustre.

Diziam que a mulher era cheia de novidades. Um dos símbolos da sua excentricidade fora o fato de ela ter deixado um bairro de classe média alta e ter-se mudado para a periferia. Já fazia anos que morava na casa azul.

Desde que a garota se entendia por gente a famosa autora de livros morava na misteriosa casa azul. Diziam que se mudara para essa casa por sentir saudade da sua infância na Rússia, onde nascera.

As professoras costumavam visitar a morada da escritora com um punhado de crianças. Nela encontravam-se livros nos degraus da escada, no banheiro, na cozinha, espalhados pelo chão, nos corredores, nos sofás, em todos os cantos da casa.

Ali havia uma porção de gatos, pelo menos uns vinte devia haver. Vera Márcia sabia disso porque as crianças contavam.

Era um pouco ressentida com suas professoras por nunca a terem levado até a casa azul quando criancinha. Costumava dizer que era a única que não visitara a morada da escritora.

Passou pelo portão e ameaçou bater à porta. Reparou que estava aberta. Os cômodos, todos com a luz apagada. Menos um quartinho que permanecia aceso.

"Deve estar escrevendo. É o quarto em que ela produz. É a sua oficina. É nele que ela trabalha e escreve suas histórias."

Buscou um interruptor e acendeu a luz da sala de entrada.

Ficou impressionada com o tamanho da biblioteca e mais ainda com a quantidade de gatos.

Quatro no sofá principal, dois sobre a mesa de tampo de vidro no centro da sala. Foi até a cozinha e como era de se esperar encontrou gatos em todos os cantos. Um dormindo sobre a geladeira, como se fosse um rei, outro passeando sobre a pia.

Entrou novamente pelo corredor que dava para a sala e sentiu cheiro de xixi.

"Já sei, tem gato marcando território."

O silêncio

"Que silêncio! Nem um barulho de máquina de escrever. Nada. Talvez escreva apenas com a mão, quero dizer, com a caneta, justamente o contrário da minha colega @, que vive plantada o dia inteiro diante do computador. Talvez seja isso. Deve escrever com a caneta ou com o lápis e depois datilografa ou pede para alguém digitar.

"Só pode ser, pois nunca vi silêncio tão grande. Para ter inspiração e escrever aquelas histórias ela precisa de silêncio.

"Talvez esteja dormindo e tenha esquecido a luz do quartinho acesa."

De repente um grito pavoroso. Sem querer tinha pisado no rabo de um gato.

"Pronto, se ela estava dormindo acordou. Também como eu podia adivinhar que no meio do caminho havia um gato? Se eu soubesse tinha trazido uma lanterna... Não é fácil encontrar os interruptores quando não se conhece a casa."

Vera Márcia começou a subir os degraus que davam para o quartinho de cima, o de luz acesa. A porta estava aberta e ela entrou.

A surpresa

Diante da porta do quartinho viu uma cena que a deixou estarrecida.

Só não gritou porque o grito ficou entalado na garganta. O coração começou a pular desordenadamente dentro do peito.

Diante dela uma mulher gorda bem velhinha, aparentando mesmo uns oitenta anos, diante da mesa repleta de papéis, amarrada na cadeira e amordaçada.

"Meu Deus! Quem será que fez isso? Quem poderia fazer uma maldade assim com uma mulher dessa idade?

"Será que vieram roubar suas histórias? Alguns de seus livros inéditos? Ou assaltar sua casa? Mas não tem ninguém! A casa azul está vazia. Só estão os gatos e ela. Será que foram embora e a abandonaram desse jeito?"

Passado o choque inicial a garota tratou logo de libertar a pobre mulher. Desamarrou os braços e retirou a tira de pano de sua boca.

A escritora começou a chorar enquanto agradecia à menina.

— Não chore... Conte o que aconteceu. Quem fez isso com a senhora?

— Por favor, traga-me um copo de água que contarei a você. Tome cuidado que eles podem ter voltado.

— Eles quem?

— Traga-me primeiro o copo de água. Tenho muita sede. Depois eu conto.

— Quero dizer que admiro muito a senhora e já li vários dos seus livros. A história que eu mais gostei foi...

— O copo de água, por favor!

Eles estão lá fora

Foi até a geladeira e pegou uma jarra de água. Encheu o copo e levou-o para a escritora.

— Quer que eu examine a casa? Que eu procure no sótão, no porão, nos quartos para ver se sumiu alguma coisa? Se levaram alguns quadros? É isso! Na casa da senhora tem quadros bonitos, de muito valor. Devem ter levado algum. Ou então joias... Quer que eu chame a polícia?

— Quero que você pare de falar, minha queridinha, por favor, para que eu possa contar o que aconteceu. Eles estão lá fora. Daqui a pouco estarão aqui e poderão não gostar de ver você.

— Quem são eles? Por que maltrataram a senhora?

— Eles não me maltrataram.

— Não? Mas encontrei a senhora amarrada e amordaçada!

— Eles fizeram isso apenas para eu não fugir.

— Não estou entendendo.

— Eu não queria ir com eles.

— Eles queriam levar a senhora?

— Queriam.

— Então é um sequestro!

— Mais ou menos.

— Não estou entendendo nada.

— Por favor, vá até a janela e olhe lá para baixo.

Vera Márcia atendeu e num instante estava olhando pela vidraça da janela.

— Estou vendo um jardim. Aliás, um belo jardim. Não sabia que no fundo do quintal tinha um.

— Não está vendo nada nele?

— Estou vendo flores... Um girassol enorme e muitas rosas...

— Eles estão lá.

No jardim

— Querida, desça até lá.
— Eu?
— Sim. Por acaso está com medo?
— Medo? Claro que não. Mas... Lá não tem ninguém.
— Tem sim. Perto daquele girassol gigante.

Não vendo outra alternativa, ela foi até o jardim. Começou a procurar entre as flores e então viu uma suave luz saindo por entre a grama alta. Aproximou-se e...

Os visitantes

Encontrou uma espécie de nave espacial bem pequena, como se fosse um brinquedo.

"O que é isto? Se eu tivesse trazido o meu celular! Nunca ando sem ele, mas fiquei tão empolgada com o bilhete que até o esqueci. Agora não posso ligar pra nenhuma amiga."

Ao se abaixar reparou que na pequena nave não havia ninguém.

"Então eles já subiram. Como a casa azul tem mais de uma porta de entrada eles devem ter passado por uma e eu pela outra... ou subiram voando até a janela... ou são tão pequenos que passaram por mim e nem reparei... O que estou dizendo, afinal? Só porque vi esta navezinha não significa que foram alienígenas que amordaçaram a escritora. Mas não posso ficar aqui pensando. Preciso voltar para ajudá-la. Qualquer coisa eu grito."

Retornou para dentro da casa, subiu os degraus em velocidade e num instante estava diante do quartinho. Reparou que havia alguém. A escritora falava.

Pôs-se a ouvir.

— Compreendo o gesto de vocês. Mas não podem me levar. Precisam solucionar o problema de vocês de outra forma.

— Sinto muito, mas vamos aplicar o raio redutor.

— Não! Por favor, não façam isso!

Ao sentir que a escritora estava em perigo, Vera Márcia entrou no quarto aos gritos.

— Parem!

Viu-se diante de criaturas pequenas. Dois homens do tamanho de coelhos.

— Quem é você?

— Eu que pergunto: Quem são vocês e o que querem? E como falam a minha língua?

— Usamos o tradutor universal e podemos falar todas as línguas do universo.

— Que loucura! E quem falou que no universo existem outros habitantes? E onde está esse tradutor universal?

Um deles se aproximou da menina e mostrou um chipe implantado no pescoço.

— Não acredito! O que vocês querem com ela?

— Ela poderá salvar nosso planeta.

— O planeta de vocês corre perigo? Não estou acreditando em nada.

— É verdade, querida — interveio a escritora.

— Então o mundo deles está em perigo? Quer dizer que não é um truque? Eles vieram mesmo do espaço? E como se chama o mundo deles? E por que o mundo deles está em perigo? E como a senhora poderá salvá-lo?

— Querida, você faz muitas perguntas de uma só vez.

— É que eu fui uma criança feliz. E além do mais, sempre li seus livros.

A escritora sorriu.

Eventir

— Nós somos do planeta Eventir.

— Eventir?

— Sim, de uma outra galáxia, muito distante. E nosso mundo corre perigo.

— Vocês são policiais?

— Não. Somos educadores.

— Educadores?

— Sim, somos uma civilização avançada. O progresso fez maravilhas em nosso planeta.

— Somos pequenos, mas usamos o raio redutor e as coisas ficam do nosso tamanho, ou aumentam, se usarmos o raio ampliador.

— Eu vi que são pequenos. A nave de vocês é do tamanho de uma abóbora. Mas... O que querem, afinal? E que tipo de perigo ameaça o mundo de vocês? E como uma escritora pode salvá-lo?

As crianças de Eventir

— As nossas crianças perderam a capacidade de sonhar.

— Isso eu não entendo! Explique, por favor.

— Não há mais, em nosso mundo, um só contador de histórias. Apesar de tanto progresso, tanto bem-estar e tantas conquistas científicas e tecnológicas, as próximas gerações estão condenadas. Não há quem conte histórias para crianças. Não há quem escreva. As crianças estão infelizes.

— Não há contadores de histórias no mundo de vocês?

— Não.

— Nem escritores de literatura infantil?

— Não.

— E as mães não contam mais histórias para as crianças dormirem?

— Elas esqueceram como se faz isso.

— Então não há mais fantasia? Não há mais imaginação?

— Não.

— Que mundo infeliz o de vocês! Conquistaram um progresso científico maravilhoso, mas perderam a capacidade de sonhar? Viajam em naves espaciais, mas são incapazes de viajar nas asas da imaginação?

O motivo

— Compreendi. Precisam de alguém que faça nascer de novo a fantasia e a imaginação no mundo de vocês. Que possa desenvolver o gosto pelas histórias, que desperte os sonhos.

— Sim, percorremos vários mundos e chegamos aqui.

— E querem levar a nossa escritora...

— Ela é uma grande contadora de histórias. Tem feito milhares de crianças felizes. Precisamos de alguém assim em nosso mundo.

— Então pretendem usar o raio redutor e levá-la até a nave de vocês?

— Você é esperta.

— Agora entendo que o propósito de vocês é muito bonito, mas não podem sair por aí sequestrando os outros.

— Nós vamos trazê-la de volta.

— Não falei que eles são bonzinhos?

— Deve haver uma outra solução!

— A única solução é esta: levamos a terráquea e ela ensinará as mães e as professoras do nosso planeta a contar e a escrever histórias para as crianças. Depois a devolveremos.

A escritora ouvia tudo calmamente.

A solução

— Tive uma ideia!
— Pode falar.
— Em vez de levarem a nossa escritora, que já está com 86 anos, numa viagem cansativa, por que não voltam para o seu mundo e começam vocês mesmos a plantar essa semente?
— Como assim?
— Ora. Podem começar a contar histórias para as crianças. Pelo tamanho de vocês, o planeta Eventir deve ser bem pequeno. Acho que vão conseguir reunir todas as crianças.
— Nós?

— Sim, vocês. São educadores! Podem começar com uma história falando de uma habitante de 86 anos que vive num outro mundo e encanta as crianças contando histórias. Podem dizer que ela é metade bruxa e metade fada. Tem uma varinha mágica e um caldeirão de histórias.

— A ideia de nos tornarmos contadores de histórias até que é boa...

— Claro. Vocês vão adorar contar histórias! E irão transformar as crianças de Eventir em seres muito felizes.

— Vamos embora. A terrestre pequena nos deu uma boa ideia.

"Pequena! Olha só quem está falando..."

— ...Uma ideia que vai salvar o mundo de vocês.

Os dois homenzinhos começaram a voar e passaram pela janela indo direto para o jardim.

— Então foi assim que eles entraram? Venha, minha querida escritora, vamos ver a nave deles levantar voo. Olhe! Incrível! Estão partindo. Veja uma luz saindo do jardim. Adeus!

— Menina... Você foi genial.

— Ora, não foi nada.

— Vamos comer um pedaço de bolo.
— Não posso! Olhe a hora! Minha mãe já deve estar brava. Preciso voltar. Tchau!

Na livraria

Passaram-se alguns meses e Vera Márcia não conseguiu esquecer aquela noite. Contou para um montão de gente, mas ninguém acreditou.

Diariamente, quando passava pela casa azul, tinha vontade de entrar.

Perguntara para todos os colegas, mas não conseguira descobrir quem havia colocado aquele bilhete em seu caderno.

Um dia entrou numa livraria e encontrou o novo livro da escritora:

Uma aventura na casa azul

Viu o título e imediatamente o comprou. Ainda na livraria abriu a primeira página e começou a ler.

O bilhete dobrado

Ao abrir o caderno Vera Márcia encontrou um bilhete dobrado. Leu a mensagem:

> *Encontre-me hoje em*
> *frente à casa azul às 19 horas.*
> *Assinado: Alguém que te ama.*

"Como é possível? Como ela soube disso?"

Saiu da livraria com o livro apertado contra o peito. Passou pela casa azul e atirou um beijo. Olhou para o espaço infinito e pensou:

"Em algum lugar do universo, num mundo distante, outras crianças voltaram a ser felizes."

Marciano Vasques, natural de Santos, SP, passou a infância lendo os famosos gibis. E tornou-se um apaixonado por HQ e histórias de mistérios. Já adulto conheceu a Literatura Infantil e começou a escrever para o leitor pequeno (que ele considera um grande leitor). Gostou tanto da experiência que até decidiu ser um estudioso dessa literatura.

Além de escrever, gosta muito de ler. Já possui 14 livros publicados, entre os quais *Uma dúzia e meia de bichinhos*, *Espantalhos* e *Rufina*.

Também escreve crônicas para alguns jornais e sempre é convidado pelas escolas para realizar oficinas com os alunos e também com os professores.

Agora decidiu mostrar sua arte para você e para os leitores de sua idade. Escreveu uma história curiosa e, como muita história de mistério costuma ter uma continuação, *Uma aventura na casa azul* também terá a sua.

Lúcia Hiratsuka nasceu em Duartina, interior de São Paulo. Quando criança, costumava riscar o chão do quintal com muitos desenhos, sonhando um dia trabalhar com isso. Veio para São Paulo e depois de se formar em Artes Plásticas, passou a se dedicar à Literatura Infantil e Juvenil.

Estudou os livros de imagem no Japão onde também expôs seus trabalhos. Voltando ao Brasil lançou os livros recontando os contos populares daquele país que ouvia na infância, contados pela avó.

Atualmente se tem dedicado aos livros de sua própria autoria, escrevendo e ilustrando.

"Aprendi a recriar o espaço da minha infância... com desenhos e palavras."